ISBN: 978-3-948230-03-6
1. deutschsprachige Ausgabe, 1. Auflage 2019

Ben und Mila Kinderbuchverlag ist eine Marke der Mentor Verlag GmbH,
Berlin, Deutschland
www.ben-und-mila.de

Du hast Fragen, Ideen oder Anregungen?
Melde dich per Mail bei uns: hallo@ben-und-mila.de
Wir freuen uns!

Polnischer Originaltitel: „W pogoni za życiem"
ISBN: 978-83-65230-23-2

Was „heute" heißt? Manch Fliege lebt nur einen einz'gen Tag:
Der Morgen schenkt den Atem ihr, jedoch die Dunkelheit
verkündet abends unbeirrt des nahen Endes Zeit.
Im Lebensglück ist „heute" nur ein leichter Flügelschlag.

F. M. Faleński

DAS LEBEN IST WUNDERVOLL

TEXT Przemysław Wechterowicz

ILLUSTRATIONEN Emilia Dziubak

Ben & Mila
KINDERBÜCHER

Es war einmal eine Eintagsfliege, die eines schönen Tages zur Welt kam.
Die Sonne ging gerade auf und sie wollte sich aufwärmen und trocknen.

„Sogar meine Fühler sind ganz nass!“

Nur mit Mühe gelang es ihr, in die Luft zu steigen. Weit kam sie auch nicht, denn gleich am Flussufer entdeckte sie eine Bank, die ihr gefiel. Dort wärmte sich gerade eine Fliege in der Sonne.

„Entschuldigung, ist hier noch Platz für mich?"

„Klar, setz dich. Das passt schon."

Die Eintagsfliege breitete ihre Flügel aus und seufzte.
Die Sonne stieg langsam am Himmel auf – heiß und träge.
Weiße Wolken verschwanden hinter dem Horizont.
Zuerst eine. Dann die nächste.
Einen Augenblick später die dritte, vierte und fünfte …
Nun war der Himmel klar.

Die Eintagsfliege dachte darüber nach, dass es richtig angenehm sei,
regungslos auf der Bank zu sitzen und sich von der Sonne
an den Flügeln streicheln zu lassen.

Da hörte sie die Fliege:

„Ich muss los. Danke, dass du mir Gesellschaft geleistet hast, Eintagsfliege!"
„Ebenfalls, Fliege! Ich werde noch ein Weilchen hier sitzen bleiben."
„Sag mal, Eintagsfliege, hast du vielleicht Hunger?
Ich könnte dich zu einem Toast und Rührei einladen.
Ich kenne ein ausgezeichnetes Lokal auf der anderen Seite des Flusses."
„Danke für die Einladung, aber irgendwie habe ich keinen Hunger."
„Okay, dann schönen Tag noch!"
„Auf Wiedersehen!"

Die Fliege blieb in der Luft stehen.

„Ich fürchte, wir werden uns nie wiedersehen, liebe Eintagsfliege."
„Warum denn nicht? Ich fahre ja nicht weg."

Die Fliege ließ sich erneut auf die Bank nieder.

„Ihr Eintagsfliegen lebt nur einen Tag. Nur einen einzigen – und keinen Augenblick länger. Ich kannte mal eine, daher weiß ich, wovon ich rede."

Die Eintagsfliege versuchte zu errechnen, wie viel genau ein Tag war, aber sie schaffte es nicht. Die Fliege deutete auf die Sonne.

„Sieh zur Sonne. Sobald sie auf der anderen Seite der Stadt ankommt, ist der Tag zu Ende und du stirbst."

„Ich sterbe?"

„Du wirst nicht mehr fliegen oder dich in der Sonne wärmen können. Auch nicht mit mir sprechen."

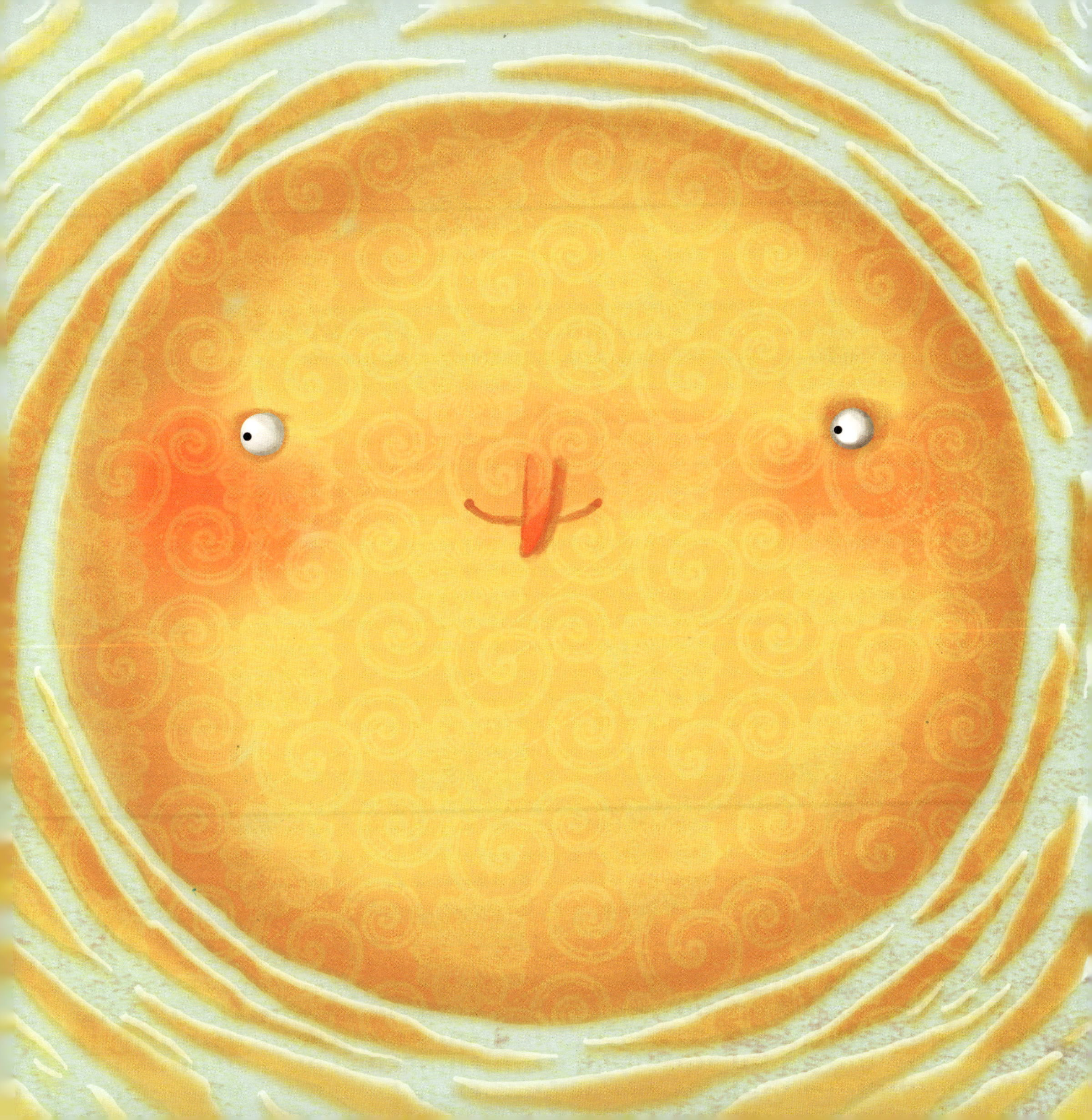

Die Eintagsfliege wurde nachdenklich. Sie versuchte zu verstehen, wie es war, zu sterben.
Es gelang ihr nicht so recht, aber eins war sicher: Toll war das nicht.
Als sie so darüber nachdachte, flog sie auf einmal von der Bank hoch in Richtung der nahe stehenden Bäume.
Die Fliege versuchte, sie einzuholen.

„Eintagsfliege, warte doch! Wohin fliegst du?!
Das Lokal ist doch auf der anderen Seite des Flusses!"

Einige Minuten später.

„Was soll ich nur machen, Fliege?
Wie soll ich denn jetzt leben?!
Ich bin ganz durcheinander ..."

„Immer mit der Ruhe, liebe Eintagsfliege. Bis zum Sonnenuntergang ist noch etwas Zeit. Ich werde dir noch ein gutes Stück der Stadt zeigen können."

„Aber ich will nicht ein gutes Stück sehen, hörst du?

Ich will die GANZE Stadt sehen!"

Die Fliege flog in die Luft.

„Worauf warten wir also? Komm, Eintagsfliege!"

IM PARK

„Das sind Menschen. Sie können nett sein, aber manchmal kommen sie auf komische Ideen. Zum Beispiel fangen sie uns zusammen mit anderen Insekten in Gläsern oder verscheuchen uns mit einer Zeitung. Deshalb müssen wir Fliegen stark sein. Ansonsten würde nichts von uns übrig bleiben."

„Der, der dem Ball hinterherläuft – das ist ein Hund. Die andere, die sich unter dem Baum streckt, eine Katze. Und auf dem Baum spielen Eichhörnchen."

„Und der im Busch?"
„Ein alter Igel. Ein Einzelgänger, aber ganz liebenswürdig."
Wie viele Tiere gibt es denn hier?"

„Eine ganze Menge."
„Dann will ich sie alle kennenlernen!"
„Alles klar. Eintagsfliege,
wir sehen uns in einer Minute vor dem Zoo."

„Wir müssen uns beeilen. Bald beginnt die Fütterung. Zum Glück kenne ich hier eine einflussreiche Hyäne – also sollte alles glatt laufen."

„ICH KANN'S NICHT MEHR ABWARTEN!"

„COOLE HAUER!"

„DIE BEINE SIND EIN TRAUM!"

„IST ES NICHT ZU WARM FÜR EINEN PELZ?"

IM

„SO EINEN SCHWANZ WILL ICH AUCH!"
„GIB MIR FÜNF!"
„DANKE FÜR DIE BLUMEN!"
„Kennen wir uns nicht irgendwoher?"
„WAS FÜR EIN RÜSSEL!"
„ICH BIN VERLIEBT!"
„ICH HABE MICH ENTLIEBT!"
ZOO

An der Ampel fliegen sie auf die andere Straßenseite.

„Und jetzt in die Buchhandlung. Sie ist gleich um die Ecke.
Dort gibt es die tollsten Kinderbücher der Welt."
„Auch über Eintagsfliegen?!"
„Sicher! Aber sieh selbst."

Die Fliege klopft an die Scheibe.
Kurz darauf erscheint eine fröhliche Gestalt.

„Das ist meine Bekannte, die Motte. Sie zeigt uns die besten Bücher."

Eine Viertelstunde später fliegen die Fliege und die Eintagsfliege den Bürgersteig entlang.

„Danke, Fliege, das waren großartige Bücher."
„Habe ich es nicht gesagt? Wie sieht's aus?
Vielleicht wollen wir jetzt einen Bissen zu uns nehmen?"
„Super, ich merke gerade, dass mein Magen knurrt."

Durch eine Tür, die einen Spaltbreit offen steht, fliegen sie hinein.
„Das ist das beste Restaurant der Stadt. Hier gibt es Gerichte aus der ganzen Welt. Mein Freund lädt mich manchmal zum Abendessen hierher ein."

„PEKINGENTE."
„Lecker!"

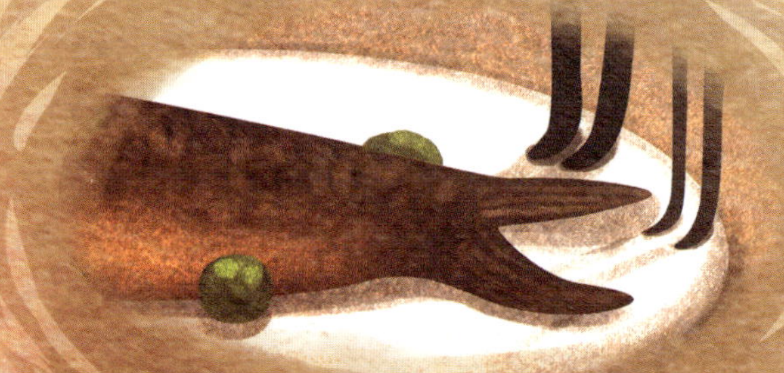

„GEDÜNSTETER KARPFEN."
„Ein Gaumenschmaus!"

„RUSSISCHE PIROGGEN."
„Mhmmmm ..."

„BAKED BEANS."
„Himmlisch!"

„UKRAINISCHER BORSCHTSCH."

„Ein Gedicht!"

„GURKENSALAT
NACH SCHWEDISCHER ART."

„Köstlich!"

„BLÄTTERTEIG."

„Exquisit!"

Die Fliege schaut auf die Uhr.

„Nun schlage ich vor, im Naturkundemuseum vorbeizuschauen. Die machen gerade auf."

„Super, lass uns das machen!"

Im Museum

„Hast du den gesehen, Fliege? Was für ein Vorbiss!"
„Das ist der Tyrannosaurus Rex – sein Ururenkel soll ein gewisses Huhn aus Texas sein, aber daran glaube ich nicht."

Vor dem Museum. Die Fliege versucht, ein Taxi anzuhalten.

„Steig schnell ein. Wir fahren zum Broadway.
Ich nehme dich mit ins Theater; dort schauen wir uns das Stück ‚Jagd auf Kakerlaken' an."
„Und danach noch ins Kino, ja?"
„Klar, wie du möchtest, Eintagsfliege."

POP CORN
POP CORN

NACH DEM KINOBESUCH

„Weißt du was, Fliege? Ich habe geweint.
Theater und Kino sind einfach phänomenal."

„Ich mag beides auch total. Worauf hast du jetzt Lust?"

„Ich will in den Zirkus. Zuckerwatte essen.
Und danach shoppen!"

„Geht klar!"

Die Sonne war bereits an der obersten Spitze des Himmels angekommen und machte sich nach einer kurzen Pause auf den Weg auf die andere Seite der Stadt. Währenddessen eilten die Fliege und die Eintagsfliege zum Spiel der „Yanks".

„Mein Vater fand die richtig toll. Er kannte die Namen aller Spieler aus dem Team auswendig."

„Was für ein Schlag, Fliege!
Die spielen wirklich nicht schlecht."

DIE „YANKS" GEWINNEN.

„Nach dem Spiel habe ich immer Lust, auf den Rummel zu gehen.
Und du, Eintagsfliege?"

„Ich auch, Fliege. ICH AUCH!"

Direkt nach dem Rummelbesuch springen sie in die **U-Bahn.**

„Mach schnell, Eintagsfliege, sonst fährt sie ohne uns ab!"

Und sind anschließend im

Konzerthaus.

„Ich habe schon wieder geweint, Fliege …"

Danach fliegen sie weiter, um sich ein Feuerwerk anzuschauen.

„In meinem ganzen Leben habe ich nie
SO VIELE FARBEN gesehen!"

Die Sonne sank immer tiefer und tiefer
und sie flogen schneller und schneller ...

„Und jetzt möchte ich mit einer FÄHRE fahren!"

„Und danach will ich zum BUNGEE-JUMPING!"

„Und zum PFERDERENNEN

„Und die FREIHEITSSTATUE sehen!"

„Und den PRÄSIDENTEN kennenlernen!"

1+1= ?
2+5=?

„Fliege,
mir ist ganz schwindlig ..."

„HA
Eine Sache is
die du noch nicht ke

L T !

ig geblieben,
Und zwar ist es ...

… mein Name. Ich heiße Lucia. Es war super, dich kennenzulernen, Eintagsfliege."

„Wirklich ein schöner Name. Danke für alles, Lucia!"

Die Sonne verschwand hinter dem Horizont
und am Himmel erschien der verschlafene Mond.

Einige Zeit später.
Lucia ist mit ihrem Freund beim Abendbrot.

„Ich hatte heute vielleicht einen Tag, sage ich dir. Ich bin fast zwei Querstraßen weiter geflogen."

„Wirklich, Schatz? Unglaublich ..."

In den Hauptrollen
Eintagsfliege

Lucia

In den Nebenrollen

Eichhörnchen

Bär

Elefant

Wildschwein

Schimpanse

Hund

Katze

Igel

Huhn

Tyrannosaurus

Motte

Lucias Freund

Pferd

Präsident Barack Obama

Freiheits-statue

Statisten

Gastauftritte

Mond

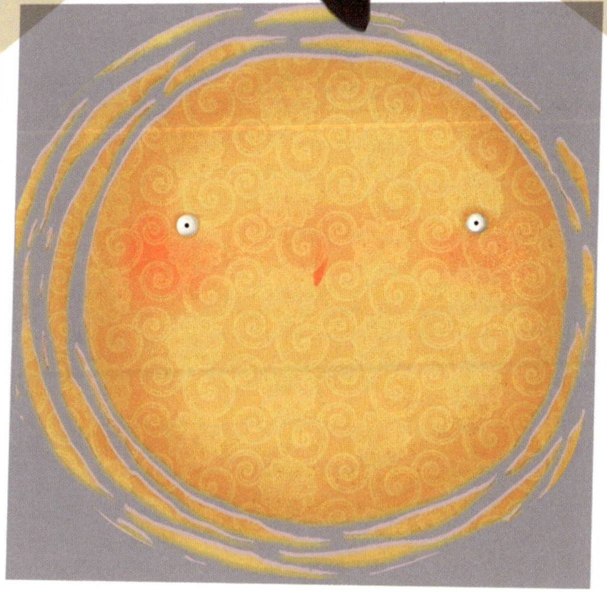

Sonne

Autoren

Illustrationen
Emilia Dziubak

ENDE